Et si j'étais maîtresse ?

Claire Clément a commencé à écrire à 10 ans, pour prolonger l'imaginaire qu'elle découvrait avec ravissement dans les livres. Écrire des histoires qui émeuvent les enfants, c'est un défi pour Claire, qui allume son regard, fait palpiter son cœur, envahit sa tête. Mais ses quatre enfants se chargent de la ramener sur terre... heu... sur l'eau plutôt. Car Claire vit sur une péniche, à Joinville-le-Pont. Elle est également chef de la rubrique romans au magazine D Lire à Bayard Presse.

Du même auteur dans Bayard Poche :
La série *Essie* (Mes premiers J'aime lire)

Robin est né en 1969. Tout petit, il attrape le virus du dessin ! En sortant de son école d'art, Robin entre à la rédaction de Grain de soleil, à Bayard. C'est là qu'il reçoit son célèbre surnom : des enfants ont reconnu sa ressemblance avec le meilleur copain de Batman ! Aujourd'hui, Robin est directeur artistique du magazine *Mes premiers J'aime lire*. Parallèlement, il consacre beaucoup de temps à dessiner. Depuis qu'il a quitté la ville pour s'installer à la campagne, notre illustrateur est aussi devenu un « Robin des champs » qui ne pourrait vivre sans cultiver son jardin...

Du même auteur dans Bayard Poche :
Pas si vite, Julia ! - La série *Essie* (Mes premiers J'aime lire)

Septième édition

© 2009, Bayard Éditions
© 2007, Bayard Éditions Jeunesse
Tous les droits réservés. Reproduction, même partielle, interdite.
Dépôt légal : septembre 2007
ISBN : 978-2-7470-2217-0
Loi du 16 juillet 1949 sur les publications destinées à la jeunesse.

Imprimé en France par Pollina S.A. - L60487B

Essie

Et si j'étais maîtresse ?

Une histoire écrite par Claire Clément
illustrée par (R)obin

mes premiers
J'AIME LIRE
bayard poche

Essie confie à son chat, Bouffon:

– Avec ma maîtresse, on ne rigole jamais. Elle est sévère ! Sauf avec le premier de la classe. Lui, c'est son chouchou. Tu verrais comme elle lui parle... Ah, ça m'énerve !

Si j'étais à sa place, je te jure, ça ne se passerait pas comme ça...

Tiens, et si...

Et si j'étais maîtresse !!

Aussitôt dit, aussitôt... Essie devient maîtresse.

– En rang, deux par deux ! crie-t-elle à ses élèves. Celui qui chuchote, je le tarabiscotte, je le flamboyotte, je le ventripotte ! C'est compris ?

Les élèves d'Essie sont pétrifiés de peur.

– Qu'est-ce qu'elle est sévère, la nouvelle maîtresse ! chuchotent-ils en entrant dans la classe.

La maîtresse Essie veut faire l'appel. Elle prévient ses élèves :

– Chacun doit répondre : « Présent ! »

– Lola ?

– Présent !

– Doudou 1er ?

– Présent !

Bouffon ne répond pas. Que se passe-t-il ? Il est au fond de la classe et il a l'air si perdu que, forcément, la maîtresse Essie est émue :

– C'est pas grave, Bouffon, lui dit-elle. Tu es là, et je te vois.

– C'est pas juste, chuchote Lola à Doudou 1er. Nous, on a dit : « Présent ». Pourquoi il ne le dirait pas, lui ?

Doudou 1er jette un regard furieux à Lola :

– La maîcresse, elle a touzours raison. Alors, tu te tais !

– Maintenant, dit la maîtresse, on va
saloutcher ! Qui veut saloutcher avec moi ?
Doudou 1er s'écrie aussitôt :
– Moi ! Moi !

Et il saloutche en tapant dans ses mains :
– Kiki a tâté les tomates de pépé...
Lola, Oreille Déchirée, Lapinou et
Toutusé répètent après lui en riant :
– Kiki a tâté les tomates de pépé...
La maîtresse les félicite :
– Bravo ! Vous êtes de bons élèves !

Mais… et Bouffon ! Où est Bouffon ?

Bouffon baisse la tête. Lui, il ne sait pas saloutcher. Il a l'air si malheureux que, forcément, la maîtresse est émue.

– C'est pas grave, Bouffon, le rassure-t-elle. Tu apprendras.

Lola est furieuse. Elle chuchote encore à Doudou 1er :

– C'est pas juste de pas juste ! Je vais le dire à ma mère !

Bien sûr, Doudou 1er n'est pas d'accord :

– La maîcresse, elle a touzours raison. Alors, tu te tais !

Ensuite, la maîtresse Essie propose de travailler à 1,2,3 lance-patates, à Picwic-grimassouille, à Tireli, le singe-compteur.

Quand le travail est fini, elle se promène dans les rangs en chantonnant :

– Qui veut un « TRÈS BIEN » sur son cahier, un « TRÈS BIEN » pour se fortifier, se ravigoter, s'encourager ?

– Moi, moi ! crie Doudou 1er.

Alors, la maîtresse donne un « TRÈS BIEN » à Doudou.

Lola aussi en veut un, et Oreille Déchirée, et Lapinou, et Toutusé.

– Mais… et Bouffon ? interroge la maîtresse.

Bouffon, il n'ose pas demander. C'est que… il n'est pas sûr d'avoir bien travaillé.

Il a l'air si inquiet que, forcément…

– Allez, Bouffon, je t'en mets un aussi. Un gros ! Regarde : un géant ! Ça fait du bien, tu ne trouves pas ?

C'en est trop pour Lola :

– C'est pas juste de pas juste de pas juste ! Je vais le dire à ma mère, je vais le dire à mon père, je vais le dire à la sorcière, qui le répétera à la Terre entière !

Lola est si en colère qu'à la récréation elle rassemble Oreille déchirée, Lapinou et Toutusé :

– C'est pas juste, la maîtresse a un chou-chou ! Il est là, regardez !

Elle montre Bouffon du doigt :

– Hou, hou, le chouchou ! se moque-t-elle. Il est moche comme un pou !

Tout le monde rigole, sauf Doudou 1er, évidemment, qui tape du pied :

– La maîcresse, elle a touzours raison, alors... pouêt, pouêt !

Mais les autres ne l'écoutent pas.

– Hou, hou, le chouchou ! chantonnent-ils. Il est moche comme un pou !

Bouffon ne sait peut-être pas dire « Présent », il ne sait peut-être pas saloutcher, ni demander un « TRÈS BIEN ». Mais il y a une chose qu'il sait faire parfaitement : c'est... *griffer ! ! !*

Et, schlac ! il bondit sur Lola et il la griffe très fort au bras.

Lola se met à hurler.

La maîtresse Essie a tout vu. Elle est fâchée :

– En rang, deux par deux ! Et celui qui flânardise, je lui escouette les couettes, je lui albranche les zoreilles et je lui escorbille le nez ! C'est compris ?

Une fois en classe, elle envoie Bouffon au coin. Et Lola aussi, parce que c'est vilain de se moquer.

Dans la classe, quel silence ! On entend les poissons respirer dans l'eau.

Mais voilà que Lola éclate en sanglots. Elle a l'air si triste que, forcément...

– Ce n'est pas grave, Lola. Tu peux retourner à ta place.

Lola rejoint Doudou 1er et elle lui murmure avec un grand sourire :

– T'as vu, moi aussi, je suis sa chouchoute !

Doudou 1er hausse les épaules :
– La maîcresse...

Il s'arrête tout d'un coup, car il vient d'avoir une idée :
– Quand ze serai grand, ze me marierai avec elle.

Lapinou se retourne :

– Non, c'est moi qui me marierai avec elle !

– Non, moi ! dit Toutusé.

– Non, moi ! dit Oreille Déchirée.

– Et moi, déclare Lola, je serai sa demoiselle d'honneur, voilà !

Doudou 1er proteste :

– Ze l'ai dit le premier ! Alors, c'est moi qui me marierai avec la maîcresse !

Furieux, il balance son pot de turlupature sur Lola. Lola lui envoie le sien, mais Doudou s'est baissé.

Et, pas de chance, c'est Oreille déchirée qui l'a pris dans le nez.

Toutusé, qui n'aime pas qu'on embête son copain, s'en mêle, et bientôt c'est la casse-mêlée.

La maîtresse en a vraiment assez :

– Le premier qui bouge, je l'emboucane, je l'estampille, je le ragougnasse avec une flanquette super grognu ! C'est compris ?

Et, un par un, elle les envoie tous au coin.

Mais... et Bouffon ! Où est-il ?

Bouffon est toujours dans son coin, mais il s'est endormi. C'est que... la maîtresse l'a un peu oublié !

– C'est pas si facile de... penser à tout... et...

Elle a l'air si désolée que, forcément, ses élèves sont émus.

– Ce n'est pas grave, maîtresse...

Soudain, la cloche sonne. Ouf, il était temps !

La maîtresse est soulagée. Elle tape dans ses mains :

– C'est l'heure ! La classe est finie !

DRIIING

clap !
clap !
clap !

Trois fois ouf! dit Essie, j'en pouvais plus, d'être maîtresse! Et ceux-là, je les ai assez vus!

Allez, dodo ! Dans le coffre à oubli !

Bouffon ! Où es-tu ?

Ah, te voilà ! Je vais te dire un secret:
Sais-tu comment je t'appelle dans mon cœur?
Écoute bien... Je t'appelle Chouchou 1ᵉʳ.
Promis, juré, mon bouffon adoré.

Fin